I0551041

JULES AGUILÉ

LETTRES D'UN CONSCRIT

PENDANT LA GUERRE

POÉSIES

SUIVIES DE

L'ORPHELINE ALSACIENNE

Récit

PRIX : 1 FRANC

SILLÉ-LE-GUILLAUME

L. BESNARDEAU, Imprimeur-Éditeur, rue Dorée

1874

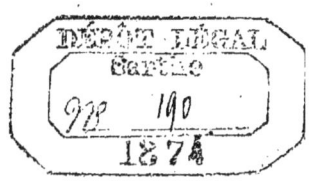

DÉPÔT LÉGAL
Sarthe
9e   190
1874

LETTRES D'UN CONSCRIT

PENDANT LA GUERRE

POÉSIES

SUIVIES DE

L'ORPHELINE ALSACIENNE

RÉCIT

37287

À M. NOEL TIREAU

Son premier et digne Maître

SOUVENIR & RECONNAISSANCE

JULES AGUILÉ.

1er Mai 1874

JULES AGUILÉ

LETTRES D'UN CONSCRIT

PENDANT LA GUERRE

POÉSIES

SUIVIES DE

L'ORPHELINE ALSACIENNE

RÉCIT

PRIX : 1 FRANC

SILLÉ-LE-GUILLAUME

L. BESNARDEAU, IMPRIMEUR-ÉDITEUR, RUE DORÉE

. 1874

LE DÉPART D'UN VOLONTAIRE

Quand l'étranger parut à la frontière,
La France fit appel à ses nobles enfans ;
    Toujours fidèle à la voix de sa mère,
Le soldat répondit : — Je pars et la défends. —
Déjà l'on entendait frémir l'airain sonore,
    Triste présage des combats,
Et l'on voyait flotter le drapeau tricolore,
Autour duquel en foule accouraient nos soldats.
Peut-être pour jamais désertant sa chaumière,
    Ses champs, ses vallons, tous ces lieux
Si chers à son enfance, un noble volontaire
    Recevait les tristes adieux

De sa pauvre mère éplorée.

Elle lui disait : — Mon fils, pars ;

Combats pour la cause sacrée !

De ton pays défends les étendards.

Si le ciel, sous ce toit, t'eût privé de la vie,

J'eusse, hélas ! bien donné des larmes à ta mort !

Mais, aujourd'hui qu'on veut ton sang pour ta patrie,

J'ai du courage et ne plains pas ton sort.

Ici, ta mort serait ignorée et moins belle ;

Laisse donc là ta mère et pars pour les combats !

Cours, vole où ton devoir t'appelle !

Et moi, quand tu seras là-bas,

Je viendrai chaque soir pour finir la journée,

M'agenouiller devant ce crucifix,

Que tu vois sur la cheminée,

Et je prierai pour toi, mon fils.

Aussi, quand tu seras sur le champ de bataille,

Tu priras, mon cher fils, et penseras à moi.

Avant de me quitter, tiens, prends cette médaille ;

Conserve-la toujours et Dieu sera pour toi.

En celle dont elle est l'image

Mets ton espoir et ne crains pas la mort,

Et quand tu sentiras s'affaiblir ton courage,

Jette un regard sur elle et tu seras plus fort.

Jurant qu'il défendra les drapeaux de la France,

Souviens-toi qu'un soldat trahirait son serment,

Si, devant au combat mourir pour sa vengeance,

Il songeait à se rendre ou fuyait lâchement.

Pendant dix ans ton père a servi sa patrie,
Et vingt fois des combats il a bravé le sort ;
Verrait-il donc en toi sa race démentie ?
Non, son fils comme lui saura braver la mort.

       Pars donc, cours, vole à la frontière !
Adieu !... ne pleure pas en embrassant ta mère...
Et le fils dans ses bras se jetant à ces mots,
La serrait sur son cœur puis prenait son bagage,
Et murmurait tout bas à travers ses sanglots :
— Adieu, ma mère, et vous que je laisse au village.

LETTRES D'UN CONSCRIT

PENDANT LA GUERRE

LETTRE I

APRÈS LE DÉPART

Chers parents, j'aurais dû bien plutôt vous écrire,
Car j'ai déjà beaucoup de choses à vous dire;
Mais je voulais savoir, — comme on dit au pays, —
Si je m'habituerais dans le métier. Je suis
Au Mans depuis dix jours. C'est une belle ville
Et je m'y plais beaucoup; nous sommes près d'un mille,
Mobiles ou conscrits, logés chez les bourgeois.
Nous n'allons pas rester longtemps ici, je crois;
On nous a dit qu'avant la fin de la semaine
Le régiment devait partir pour la Lorraine.

Le pays est, dit-on, très-beau de ces côtés.
Je suis triste depuis que je vous ai quittés,
Et bien souvent la nuit je pense à ma chaumière.
Rarement dans le jour s'écoule une heure entière,
Sans que, mon souvenir se reportant vers vous,
Je vous revois encor, comme vous étiez tous
Au moment du départ, bien affligés : ma mère
Retenant avec peine une larme : mon père
Qui me disait : « — Adieu! pars et sois bon soldat,
« Sachant en vrai français te conduire au combat. »
Puis ma sœur qui pleurait en disant : « — Pauvre frère!
« Oh! ne nous quitte pas pour aller à la guerre;
« Reste avec nous. » Souvent je crois encor vous voir
Assis près du foyer quand arrive le soir,
Pensifs, vous regardant et n'osant vous rien dire.
Ma mère qui toujours, pensant à moi, soupire,
Dépose un doux baiser sur le front de ma sœur,
Et murmure en mettant une main sur son cœur :
« — S'il allait mourir, lui! combien sa pauvre mère
« Sur sa mort verserait de pleurs dans sa misère!
« De grâce veille, ô ciel! sur les jours de mon fils. »
Parfois, me reportant vers l'heure où je partis,
Je la revois priant près de la croix de pierre
Où je lui dis adieu la semaine dernière.
Mon père aussi toujours paraît triste et rêveur.
Il semblerait qu'il dit en regardant ma sœur,
Qui va sur ses genoux s'asseoir et le caresse :
« Je n'aurai plus que toi pour bâton de vieillesse. »

Chers parents qu'en vos cœurs renaisse un peu d'espoir ;
Pour moi, j'ai conservé celui de nous revoir.
Quelques mots maintenant sur l'état militaire,
Et puis après je vais vous parler de la guerre ;
Car je sais qu'au village on s'en occupe peu.
Quand on est tous les soirs assis autour du feu,
On ne pense, hélas ! guère à tout ce qui se passe
Là-bas, entre Français et Germains dans l'Alsace.
Le métier de soldat ne sera pas le mien ;
Peut-être plaît-il mieux à qui le connaît bien ;
Mais, pour moi, j'en suis las, bien las je vous assure ;
Leur loi, — si c'est la loi, — voyez-vous, est trop dure.
Tomber dans un combat en faisant son devoir
Ce n'est rien, chers parents ; ce qu'il vous faudrait voir,
Ce sont tous ces Bretons, soldats de la patrie,
Mourant de froid, de faim dans leur camp de Conlie.
Que le pays pourtant réclame encor mon bras,
Je reprendrai le sac et n'hésiterai pas ;
Mais, les soldats enfin n'étant pas des esclaves,
Qu'on leur donne des chefs comme autrefois ces braves
Qui causaient avec eux comme avec des amis ;
Chacun avec plaisir servira son pays ;
Car, d'un bon chef un mot, un seul mot vous console.
Par les nôtres jamais une seule parole
De consolation ou d'encouragement
Ne nous est adressée ; il semble en les voyant
Passer et repasser devant nous que nous sommes
Des soldats achetés et non comme eux des hommes
Libres, des Français.

Vous, vous avez des voisins
Dont la société dissipe vos chagrins.
Nous n'avons rien ici, nous, qui calme les nôtres ;
Pour se distraire il faut faire comme les autres :
Se promener et puis au café bien souvent
Entrer ; quoi faire ? hélas ! dépenser son argent.
On en pourrait, je sais, faire un meilleur usage ;
Mais quand on est ainsi bien loin de son village,
Seul, ne connaissant rien, on cherche des amis
A qui de temps en temps l'on parle du pays.
Ici du moins ils sont très-faciles à faire,
Quand on a de l'argent ; car, sans payer un verre
L'amitié du soldat s'obtient malaisément.
Eh ! quoi, sont-ils les seuls ? Oh ! non assurément.

Les choses vont bien mal, dit-on, à la frontière.
Sarrebrück fut pour nous un beau fait militaire ;
Mais, depuis, paraît-il, la fortune a changé ;
De ce premier échec l'ennemi s'est vengé ;
Il a même déjà pénétré dans l'Alsace.
Ce matin j'entendais qu'on disait sur la place :
« Mac-Mahon est battu, nos soldats sont trahis ;
« Ils ont dû reculer devant les ennemis
« Qui sont entrés en France au moins quinze cent mille
« Et nous ont déjà pris... — Je ne sais quelle ville. —
Si, comme on dit encore, à Paris tout va mal,
Cet échec pourrait bien nous devenir fatal.
Je suis, quoiqu'il en soit, prêt à donner ma vie,
S'il le faut, pour défendre et venger ma patrie,

Car, il vaut mieux, pour moi, mourir au champ d'honneur,
Que de se voir forcé d'obéir au vainqueur.

Ainsi, mes chers parents, un peu plus de courage ;
Montrez donc comme moi désormais un visage
Aussi riant qu'au temps où le soir près de vous,
J'allais m'asseoir avec ma sœur sur mes genoux,
Car tout sera fini dans quelques mois peut-être,
Je l'espère du moins, et je finis ma lettre
En vous embrassant tous. Le bonjour aux amis ;
Votre fils qui vous aime, *Émilien Denis*.

LETTRE II

AU CAMP

Mes chers et bons parents, dans ma dernière lettre
Je vous disais qu'avant huit ou dix jours peut-être,
Nous quitterions la ville où je me plaisais tant.
Nous en sommes partis, — quatre-vingts seulement —
Pour venir à Châlons la semaine dernière ;
Ainsi nous approchons un peu de la frontière
Où l'on se bat toujours. Je ne regrette pas
De m'être du pays éloigné de deux pas ;

Voyez-vous, à la guerre il faut qu'on s'accoutume.

Je vous dirai d'abord que je dois à ma plume
Les instants où je puis goûter quelque plaisir.
Qu'on est heureux ici de savoir s'en servir !
Quand j'ai quelques chagrins, je n'ai qu'à vous écrire,
Ces chagrins aussitôt s'en vont à vous les dire.

Mais, revenons : ainsi nous sommes à Châlons.
Je me suis promené dans tous les environs,
Et les ai trouvés beaux, autant qu'ils puissent l'être.
Vous le reconnaîtrez en lisant cette lettre,
Dans laquelle je vais vous dire en peu de mots
Ce qu'on y voit le plus : Là de riants coteaux
Où la vigne produit du fruit en abondance,
Et dont le vin, je crois, est le meilleur de France ;
Puis des bosquets touffus, des plaines, des vallons,
Des forêts couronnant le sommet de grands monts ;
Ailleurs, disséminés, des hameaux, des villages
Qui de loin font l'effet de charmants paysages,
Bornent de tous côtés la plaine où nous campons.
La campagne est assez fertile.

                                    Mais, voyons,
Il faut vous dire aussi des camps quelle est la vie,
Et puis après ma lettre en deux mots est finie.
Elle serait, ma foi, très-belle sans l'hiver ;
Vous allez en juger : On respire en plein air ;
On mange du biscuit, on couche sur la dure,
Deux et quelquefois trois sous une couverture ;

La tente pour abri, le soleil pour foyer,
Le sol pour matelas, son sac pour oreiller,
On vit commodément. Pour la cuisine ensuite,
Voilà : sur trois cailloux on pose sa marmite,
Et puis avec les mains on attise son feu.
Je vous jure, d'abord cela m'amusait peu ;
Mais, depuis quelques jours, je commence à m'y faire,
Et connais un peu mieux ce que c'est que la guerre.
Voyez-vous, il faut bien s'accoutumer à tout,
Car nous sommes, je crois, encor loin d'être au bout.
Avant qu'ait retenti la trompette bruyante,
On n'entend le matin aucun bruit sous la tente ;
Mais, quand le réveil sonne, au camp tout est debout,
Et l'agitation règne aussitôt partout.
Un quart d'heure est passé ; déjà mille feux brillent,
Et l'on se range autour des branches qui pétillent
Suivi du déjeuner, l'appel sonne à son tour,
L'exercice un peu long, puis le dîner plus court.
C'est ainsi que se passe au camp la matinée.
L'appel, le couvre-feu terminent la journée.

Un triste et court récit : plusieurs trains sont passés
Par Châlons ce matin, ramenant les blessés
De Vœrth et de Forbach. Ils étaient plus d'un mille.
Pour les voir accouraient tous les gens de la ville.
Oh ! quel spectacle affreux ! sur la paille étendus,
Les uns jetaient des cris, les autres n'étaient plus.
Tous ceux qui les voyaient pleuraient à chaudes larmes,

2

Disant : « — Pour s'égorger Dieu nous donne des armes. »
Et maudissant les rois. Pour moi je me disais :
— Ne vaudrait-il pas mieux vivre au pays en paix
Cultivant de ses mains quelque étroit coin de terre,
Que de s'entr'égorger comme on fait à la guerre ! —
Avant que de mes yeux j'eusse vu cette horreur,
Entendant les soldats maudire l'empereur,
Je n'imaginais pas à cause de quels crimes ;
Mais je l'ai deviné quand j'ai vu ces victimes,

    Au revoir, chers parents ; le bonjour aux amis.
Votre fils qui vous aime : *Émilien Denis.*

LETTRE III

AVANT LA BATAILLE

Mes chers et bons parents, ce matin dans le camp,
Au réveil, nous étions assez tranquilles, quand,
Ce dont en ce moment on ne se doutait guère,
Des bruits sont tout à coup venus gâter l'affaire.
Tous les soldats couraient, proférant des jurons :
C'était le général. Il nous a dit : « — Allons!
« Mes enfants, vous savez que nos troupes, vendues
« Par leur indigne chef, aux vainqueurs sont rendues.
« Que Strasbourg et Belfort tombent entre leurs mains,

« Et l'Alsace est entière au pouvoir des Germains ;

« Qu'enfin sur nous encore ils gagnent trois batailles

« Et Paris va les voir assiéger ses murailles.

« La France en ce moment met en nous son espoir ;

« Ne l'abandonnons pas, faisons notre devoir.

« Oui, soldats, défendons notre brave patrie !

« Donnons-lui, s'il le faut, nos bras et notre vie.

« Armons-nous ! Sauvons-la du joug de l'étranger !

« Et volons au combat, mourir ou la venger ! »

Les soldats à ces mots ont fait un tel vacarme

Qu'on ne s'entendait plus. Chacun prenait son arme ;

On eût dit qu'on était sur le point de partir,

Puis, c'étaient des discours à n'en jamais finir.

Ils parlaient tous ensemble ; on ne pouvait s'entendre,

Et de tous leurs propos je n'ai rien pu comprendre

Que ces mots échangés entre deux vétérans : -

« Hein ! nous allons les voir ces fameux Allemands

« Qui se vantent déjà d'avoir battu la France ;

« Je voudrais essayer un peu de leur vaillance !

« On les dit bons soldats. — Qui ça ? les Prussiens ?

« Ah ! bien oui ! parle-moi de ces Autrichiens

« Qui voulaient malgré nous aller en Italie ;

« C'étaient là des soldats ! je n'ai vu de ma vie

« D'aussi bons cavaliers ; il eût fallu les voir !

« Sur cent mille d'entre eux je mettrais plus d'espoir

« Qu'en tout ce ramassis accouru de la Prusse ;

« Un soldat mercenaire, autant vaudrait un russe ! — »

Ensuite je n'ai pu saisir que ces deux mots :

« — Leur première entrevue avec nos chassepots
« Était rude il paraît. — A Sarrebrück ; les nôtres
« A Reichshoffen aussi se sont bien battus. — D'autres,
Sur Wœrth et sur Forbach, causaient plus longuement.
Moi, je ne disais rien. Enfin un vieux sergent
Nous a fait un discours vraiment patriotique
Qui finissait ainsi : Vive la République !
Lors nous avons repris plus fort et tous en cœur ;
Vive la République ! et j'ai senti mon cœur,
Ému par tant de bruit, battre avec violence.
Partout on entendait crier : Vive la France !
A ces cris une larme a paru dans mes yeux.
Ce n'était pas la peur, comme l'a dit un vieux ;
Si je l'eusse sentie entrer dans ma pensée
Elle m'eût fait rougir et je l'eusse chassée,
Car, je sais que celui qui, marchant au combat,
Tremble et connaît la crainte est un lâche soldat,
Et ce mot, voyez-vous, me fait rougir de honte ;
Ce n'est donc point sur lui que je ferai mon compte.
Pourtant j'ai frissonné, je ne sais pas pourquoi ;
C'est que tout ce tumulte était nouveau pour moi.
Beaucoup d'autres aussi ne le connaissaient guère,
Car, jamais de si près ils n'avaient vu la guerre,
Et dans l'occasion, sûr, ne s'attendaient pas
A voir tant de gaieté parmi tous ces soldats :
    Les uns chantaient en chœur : *Mourir pour la patrie*
C'est le sort le plus beau, le plus digne d'envie.
Puis d'un autre côté, d'autres criaient : *marchons !*

Marchons, qu'un sang impur abreuve nos sillons!
Mais, déjà de ces chants sans doute on s'est lassé,
Car, partout le tumulte en partie a cessé.
Ce n'est pas que l'on soit tranquille et qu'on se taise ;
On parle, on rit beaucoup ; la vieille *marseillaise*
Retentit même encor ; mais dans quelques endroits,
Et de loin ce ne sont que quelques rares voix.
Chacun devient pensif et rentre sous sa tente,
Fait déjà ses paquets et languit dans l'attente
Du combat. Quelques-uns, tranquillement assis
A terre ou sur leurs sacs, *astiquent* leurs fusils ;
D'autres à leurs parents griffonnent une lettre.
Pour moi, je songe à vous ; il doit, je pense, en être
De même pour plus d'un. Je tire du papier
De mon sac, une plume et puis mon encrier,
Et vous écris ces mots que vous aurez bien peine
A lire ; car, pensez qu'au milieu d'une plaine
On n'a point l'appareil complet d'un écrivain ;
On a pour écritoire ou son sac ou sa main,
Et puis les vieux toujours viennent encor vous dire
Avec an air moqueur : — Tu sais qu'il faut écrire
A ta *blonde* ; surtout, fais lui mes compliments. —
Et vous êtes par eux *embêté* tout le temps.
Mais malgré tout cela je pense à ceux que j'aime ;
Lisez si pouvez, je vous écris quand même.

Ainsi donc, chers parents, la France dès demain
Nous verra disputer la victoire au germain.
A l'heure du combat je ferai ma prière,

Et je marcherai sans regarder en arrière.
Ton fils, mère, sera fidèle à son devoir!

C'est triste, n'est-ce pas, de mourir sans revoir
Ses parents, ses amis ; surtout celle qui pense
A vous là-bas ; pourtant, s'il le faut, pour la France
J'y mourrai, car je veux me battre en vrai soldat ;
Ne voulant pas qu'on dise il eut peur au combat.
Quand on meurt au pays, dans le vieux cimetière
On a sa place et là, votre nom sur la pierre
Est gravé ; puis, le soir, sous les saules pleureurs
Au pied desquels on dort, la belle tout en pleurs
Vient murmurer pour vous une courte prière ;
Et tandis que là-bas on dort sur la poussière !
L'herbe qui croît sur vous, c'est là votre tombeau ;
Qu'importe, on meurt en brave et c'est encore plus beau.

Maintenant je finis : tranquillise-toi, mère ;
Cher père et chère sœur, au revoir, je l'espère ;
Souhaitez bien pour moi le bonjour aux amis.
Votre fils qui vous aime : *Émilien Denis.*

LETTRE IV

APRÈS LA BATAILLE

Mes chers parents, enfin la journée est finie,
Et, grâce à Dieu, ma foi, je suis encore en vie.
Mais, combien ai-je vu de ces pauvres soldats
Que leur famille attend et ne reverra pas !

Tristes mères, pour vous, quelle affreuse nouvelle !
Pour toi, je sais combien elle eût été cruelle !
Ma mère, la douleur que t'ens causé ma mort !
Aussi des leurs, hélas ! je plains le triste sort.
   C'est après la bataille, en rentrant sous la tente,
Mon sac sur mes genoux, que j'écris la présente,
Dans laquelle en deux mots je vous raconterai
Le combat qu'aujourd'hui nos troupes ont livré.
Ce matin, au moment où nous faisions la soupe,
Passant, le général a dit devant la troupe :
« — Soldats, écoutez-moi. Vendue aux étrangers,
« La France va périr si vous ne la vengez !
« L'allemand, enivré de sang et de carnage,
« Porte partout le fer, la flamme et le pillage ;
« Sur les champs de bataille achève nos mourants ;
« Égorge nos vieillards, nos femmes, nos enfants.
« Voyez, près de tomber sous ses coups, la patrie,
« La poitrine sanglante et la face meurtrie ;
« Elle vous tend les bras ! Sera-ce donc en vain ?
« L'abandonnerez-vous au fer d'un assassin !
« Nos frères, contre lui défendant la frontière,
« Ont déjà de leur sang arrosé la poussière ;
« Et nous, soldats, craignant de partager leur sort,
« En lâches nous voudrons ne pas venger leur mort !
« Non, quittant cette erreur, volons à la vengeance !
« Et jurons, s'il le faut, de mourir pour la France ! — »
Les soldats, à ces mots, tous en chœur ont repris :
— Oui, mourons pour la France et sus aux ennemis !

Puis ensuite, entonnant une chanson guerrière,
Ils ont pris leurs fusils, rempli leur cartouchière,
Et se sont avancés.

                Aux premiers coups de feu,
J'avais peur ; à la fin je me suis fait un peu
Au bruit de la mitraille et de la fusillade ;
Mais, quand bientôt j'ai vu tomber mon camarade,
Atteint par un obus, j'ai senti la rougeur
Qui m'échauffait le front ; avec force mon cœur
Battait dans ma poitrine. Un instant mon courage
A failli quand j'ai vu couler sur son visage
Des gouttes d'un sang noir. Ses yeux, ouverts encor,
Ne voyaient plus ; hélas ! il était déjà mort.
Quand je l'ai vu sans vie étendu sur la terre,
Pensant à vous, combien j'ai plaint sa pauvre mère !
Le visage caché sous un voile de deuil,
Il m'a semblé la voir pleurant sur un cercueil.
Hélas ! elle attendait en vain dans sa chaumière
Ce fils qui maintenant gisait sur la poussière.

  Au loin on entendait le bruit sourd du canon
Que parfois dominaient les accords du clairon ;
Et tout autour de nous, à de courts intervalles,
La voix des chefs mêlée au sifflement des balles.
A dix pas devant soi l'on ne pouvait rien voir ;
La plaine autour de nous, le ciel, tout était noir.
Depuis une heure ou deux que durait la bataille,
Plus de cinq mille étaient tombés sous la mitraille !
Les ennemis, déjà plus nombreux et plus forts,

Encore à chaque instant recevaient des renforts,
Ils étaient deux cent mille et nous cinquante à peine,
Encore n'ont-ils pù nous chasser de la plaine.
Quatre fois contre nous ils se sont élancés,
Et par nous quatre fois ont été repoussés.
Comme ils tombaient alors qu'ils battaient en retraite !
Du sang de plus de dix j'ai teint ma baïonnette,
Car, je m'habituais à l'horreur du combat,
Et je me suis battu tout comme un vieux soldat ;
J'aurais voulu cent fois venger mon camarade !
Mais bientôt on a fait cesser la fusillade ;
Les ennemis fuyaient. Je ne sais pas pourquoi
Nous ne les avons pas poursuivis ; quant à moi,
Je les eus volontiers conduits à la frontière.
Mais non ; ceux qu'on voyait couchés sur la poussière,
En vain pour la patrie avaient versé leur sang ;
Nous n'en profitions pas, car, au bout d'un instant,
Les fuyards revenaient reprendre l'offensive,
Et la lutte à cette heure était encore plus vive
Que la première fois.

                  Nous étions morts de faim ;
Nous n'avions rien mangé, rien depuis le matin,
Et puis nous nous battions contre des troupes fraîches,
Tandis qu'aucun renfort n'avait comblé les brèches
Que déjà dans nos rangs avaient fait les obus.
Nous nous sommes pourtant bien longtemps défendus
Avant d'être frappés ; — Oh ! c'est affreux la guerre ! —
J'en ai vu qui tombaient épuisés sur la terre,

Et disaient d'une voix mourante : — Un peu de pain ! —
On leur donnait à boire une goutte de vin.
Ils buvaient ; puis, sentant renaître leur courage,
Reprenaient leur fusil, la pâleur au visage,
Et se battaient encor jusqu'à cè qu'un obus
Les laissât pour jamais sur la terre étendus.

J'aurais encoř beaucoup de choses à vous dire ;
Mais il est tard, j'y vois à peine pour écrire ;
Un seul mot : Nous couchons devant les ennemis,
Et demain nous ferons retraite sur Paris ;
Car, il faut l'avouer, chers parents, la journée
Qui finit s'est pour nous tristement terminée.
C'est assez vous en dire ; au revoir. Votre fils
Qui pense à vous toujours : *Émilien Denis.*

L'ORPHELINE ALSACIENNE

RÉCIT

Lorsque je visitai nos provinces conquises,
Ayant tout épuisé mes courses indécises,
Un soir, je rencontrai sur le bord du chemin
Une enfant qui me dit en me tendant la main :
« Un petit sou, monsieur, pour la pauvre orpheline !
Voyez ! depuis deux mois, tous les jours je chemine,
Voulant fuir un pays qu'infeste son vainqueur.
Mon asile est partout où le riche à du cœur ;
C'est triste, n'est-ce-pas, d'être seule à mon âge ? — »
Messieurs, je fus surpris d'entendre ce langage ;
Elle continua : — « Tous mes parents sont morts ;
Dieu me les a repris. » — « Et comment ? dis-je, — » Alors
Elle me répondit : « Ah ! monsieur que la guerre
Est donc affreuse ! elle a fait mourir mon vieux père...
Un jour qu'on entendait le canon retentir,
— On se battait tout près ; — je le vis accourir
Vers nous sombre et pensif ; je le crus en colère
Et j'eus peur. Se jetant dans les bras de ma mère,
Il lui dit : « — Pauvre femme, écoute-moi ; tu sais
« Qu'hier les Allemands ont battu les Français.

« Ils approchent; le maire a dit dans le village :

« — Armez-vous et couréz défendre le passage! — »

« Et moi je veux marcher comme les compagnons.

« A mon âge, c'est dûr; mais il le faut; allons!...

« Adieu!... ne pleure pas, courage! et toi petite,

« Que je t'embrase encore! — » Et puis il partit vite;

Et le jour s'écoula sans qu'il revînt. Le soir,

Dans un coin du foyer ma mère alla s'asseoir.

Me prenant dans ses bras elle me disait : « — Prie,

Mon enfant, pour ton père et ta pauvre patrie!... — »

Et puis elle écoutait tout en me parlant bas,

Croyant toujours l'entendre; il ne paraissait pas.

En proie à la terreur elle était presque morte,

Quand on vint tout à coup frapper à notre porte,

Vite elle ouvrit croyant que c'était lui; mais non,

Un autre homme parut : c'était un bûcheron

Vêtu d'un long manteau, qui lui dit à voix basse :

« — Fuyez! les Allemands sont entrés en Alsace! — »

Puis un instant après : « — Ils l'auront fusillé;

« Les armes à la main ils l'ont pris et lié. — »

Ah! je devinai juste il parlait de mon père :

Il était mort. Hélas! sans lui qu'allions-nous faire?

Ma mère alors cachant sa tête entre ses mains

Étouffait ses sanglots : « — Mes enfants, je vous plains,

« Dit l'homme, car je sais, quoiqu'elle ait du courage,

« Qu'une femme est bien faible et surtout à votre âge;

« Et puis la charge, hélas! est bien lourde; mais Dieu

« Vous aidera. Voyons! il faut quitter ce lieu

« Déjà triste et que souille encore la présence

« Des Allemands ; Allons ! en route pour la France !

« Prenez votre bagage et me donnez la main,

« Vite ! — » Un quart d'heure après nous étions en chemin.

Pour la dernière fois regardant en arrière,

Nous vîmes un grand feu ; c'était notre chaumière

Que les bandits brûlaient. Donc nous n'ayions plus rien,

Puisque ce toît de chaume était tout notre bien.

Qu'allions-nous devenir ? Nous étions sans asile ;

Il nous allait falloir errer de bourg en ville,

Et puis c'était bien dûr d'aller tendre la main ;

Il le fallait pourtant ou bien mourir de faim.

Ma mère, me serrant fort contre sa poitrine,

Me dit : « — Avant deux jours tu seras orpheline ;

« Quand je ne serai plus, que Dieu veille sur toi ! — »

Et dès le lendemain elle expirait : Pour moi,

Ce fut le dernier coup ; je n'avais plus de mère,

Et seule et sans appui je restais sur la terre.

Sentant la faim venir je dus quitter le lieu

Où son âme venait de retourner à Dieu,

Et me mettre en chemin pour demander l'aumône ;

Depuis ce jour je vis du peu que l'on me donne.

Aux riches je craignais d'avoir en vain recours,

Mais à mon infortune ils n'ont pas été sourds...

— Eh bien ! moi, dis-je alors à l'enfant de l'Alsace,

Aussi je n'aurai pas pour elle un cœur de glace —

Et, fouillant dans ma poche : — Enfant, tiens, prends ceci.

— Elle tendit la main en me disant : — Merci ! »

[Library stamp: BIBLIOTHÈQUE NATIONALE]

TABLE DES MATIÈRES

www.ingramcontent.com/pod-product-compliance
Lightning Source LLC
Chambersburg PA
CBHW061635180626
46818CB00005B/2389